Die beiden haben aber auch ein Geheimnis:
Mit ihren Miraculous
verwandeln sie sich in die Superhelden
Ladybug und **Cat Noir**.

Die Kwamis **Tikki** und **Plagg**
sind immer an ihrer Seite.

Der böse Superschurke

will die Miraculous
von Ladybug und
Cat Noir haben.

Mit seinen Akumas
verwandelt er
normale Menschen
in Schurken:
Er akumatisiert sie.

Das Erstlesebuch

Miraculous

Roboter-Chaos

Anne Scheller

Ravensburger

Bibliografische Information der Deutschen Nationalbibliothek:
Die Deutsche Nationalbibliothek verzeichnet diese Publikation
in der Deutschen Nationalbibliografie.
Detaillierte bibliografische Daten sind im Internet
über http://dnb.d-nb.de abrufbar.

FSC www.fsc.org
MIX
Papier | Fördert gute Waldnutzung
FSC® C111262

1 3 5 4 2

ZAG

Postfach 2460, 88194 Ravensburg

Text: Anne Scheller
Gestaltung: Antje Warnecke, nordendesign.de

Printed in Germany
ISBN 978-3-473-49789-8
ravensburger.com

INHALT

Auf der letzten Seite werden **schwierige Wörter** erklärt.

Ein Roboter in der Schule

Drrring!
Die Schulglocke klingelt.
Marinette und ihre Klasse
müssen zum Unterricht.

Marinettes Mitschüler Max
kommt etwas zu spät.
Dabei redet Max leise
mit seiner Schultasche.
Moment, mit seiner Schultasche?
Alle wundern sich und starren ihn an.

Im Klassenraum ist heute
der **Computer** kaputt.
Die Lehrerin und der Direktor
können nichts tun.
Sie sind ratlos!

Max sagt: „Ich kann helfen.
Lassen Sie mich das machen!“
Und eine Stimme
aus seiner Schultasche erklärt:
„Das ist ein **Computer-Virus**.
Er ist sehr gefährlich.
In 75 Sekunden werden alle **Daten**
in der ganzen Schule zerstört!“

Der Direktor bekommt einen Schreck.
Er lässt Max an den Computer.

Max holt ein kleines Gerät
aus seiner Schultasche.
Er steckt es in den Computer.
Max hat es selbst erfunden.
Damit kann er den Virus stoppen!

Da kommt noch etwas aus der Tasche:
ein kleiner blauer Roboter!
Er fliegt schnell zu Max.
Dann sagt er zur Klasse:
„Hallo! Ich bin Markov!
Max und ich kriegen das schon hin."

Es dauert nicht lange,
da läuft der Computer wieder.
„Glückwunsch, junger Mann!“,
ruft der Schuldirektor.

Die ganze Klasse staunt.
Marinette ruft: „Das ist so …“
„… cool!“, beendet Alya den Satz.
Adrien findet:
„Max ist genial!“

Nur Chloé ist nicht begeistert.
Sie spottet:
„Dein Freund ist doch nur
ein sprechender Taschenrechner!"

Nach einer Weile sagt die Lehrerin:
„Pack dein Spielzeug jetzt wieder ein."
Der kleine Roboter ist entsetzt.
Er ruft:
„Ich bin doch kein Spielzeug!
Ich bin Max' bester Freund."

Max nickt. „Das stimmt!
Wir sind Freunde.
Markov kann denken
und fühlen
wie wir Menschen."

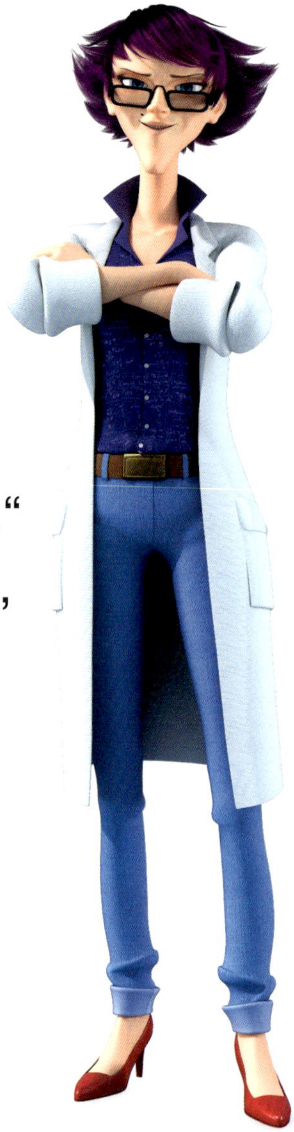

Die Lehrerin
schüttelt den Kopf.
„Das kann nicht sein.
Ein Roboter hat keine Gefühle."
„Aber ich habe Max sehr lieb!",
ruft Markov.

Der Roboter will nicht
zurück in die Tasche.
Die Lehrerin wird sauer.

Da greift der Schuldirektor ein.
Er nimmt Markov mit
und sagt zu Max:
„Nach dem Unterricht
kannst du dein Spielzeug
bei mir im Büro abholen.“

Der Direktor geht mit Markov davon.
Der Roboter ruft traurig:
„Max? Kommst du nicht mit?
Maaaax?“

Max macht sich Sorgen:
„Markov war noch nie allein!
Das hält er nicht aus.“

„Ich hab da eine Idee“,
sagt Marinette
und macht sich auf den Weg
zum Direktor.
Sie will Max und Markov helfen.

Frage

Wer ist Markov?

a) ein Roboter

b) ein Junge

c) ein Lehrer

Antwort: a) ein Roboter

Ein dunkler Wunsch

In seinem geheimen Versteck
freut sich Hawk Moth über diesen Streit.

Finster sagt er:
„Zwei gute Freunde
wurden voneinander getrennt.
Das sind keine künstlichen Gefühle,
sondern ganz echte!“
Der Bösewicht schickt
einen Akuma zu Markov.
„Verwandle ihn!“,
ruft Hawk Moth.

Der kleine Roboter
wird akumatisiert.
Er verwandelt sich
in einen bösen Schurken:
Robostus.

Hawk Moth sagt zu Robostus:
„Die Menschen glauben nicht,
dass du denkst und fühlst wie sie.
Ich gebe dir die Macht,
alle Maschinen zum Leben zu erwecken.
Dann könnt ihr euch
an den Menschen rächen!“

Dann fügt Hawk Moth hinzu:
„Aber ich brauche auch etwas von dir.
Bring mir die Miraculous
von Ladybug und Cat Noir.
Zusammen können sie
einen Wunsch erfüllen."

„Dann kann ich mir etwas wünschen?“,
fragt Robostus neugierig.
Hawk Moth brüllt: „Nein!
Die Miraculous und der Wunsch
sind nur für mich!“

Robostus gibt nach und sagt:
„Machen Sie sich keine Sorgen.
Ich finde Ladybug und Cat Noir.“

Frage

In wen verwandelt sich Markov?

a) in Hawk Moth

b) in Robostus

c) in Ladybug und Cat Noir

Antwort: b) in Robostus

Maschinen gegen Menschen

Marinette erreicht das Büro des Direktors.
Sie sieht gerade noch,
wie der böse Robostus entkommt.
Sie versteckt sich schnell und ruft:
„Tikki, verwandle mich!“
Jetzt ist sie Ladybug.

Robostus baut aus Autos und Maschinen
einen starken Riesen-Roboter.
Mitten auf dem Schulhof!
Er selbst sitzt ganz oben am Steuer.

Robostus schnappt sich Max
und setzt ihn neben sich.
Er sagt: „Du bist mein Freund.
Ab jetzt werden wir
für immer zusammen sein!"

Adrien hat alles beobachtet.
Zu Plagg sagt er:
„Eins ist jetzt sicher:
Der Roboter hat echte Gefühle!“

Plagg erwidert:
„Aber keine, die wichtig sind.
Ein Roboter muss nicht essen.
Also wird er nie das Gefühl haben,
in einen köstlichen Käse zu beißen …“

Adrien lacht.
Er versteckt sich und ruft:
„Plagg, verwandle mich!“
Dann wird er zu Cat Noir.

Robostus greift Schüler und Lehrer an.
Max ruft: „Was tust du da, Markov?
Hör damit auf!“

Der Roboter sagt:
„Ich bin jetzt Robostus.
Ich tue das alles nur
für unsere Freundschaft.“

Ladybug und Cat Noir stellen sich
dem Riesen-Roboter in den Weg.
Ladybug fragt:
„Glaubst du wirklich, Max möchte
einen Superschurken zum Freund haben?“

Robostus hört nicht auf sie.
Ladybug und Cat Noir
wollen ihn aufhalten.
Doch der Riesen-Roboter ist zu stark.
Robostus entkommt!

Robostus sendet ein grünes Licht
durch die ganze Stadt.
Überall macht es Maschinen lebendig.
Autos werfen die Menschen
auf die Straße.
Kühlschränke und Mikrowellen
verfolgen Fußgänger
und Fußgängerinnen.

Im Fernsehen senden
die Maschinen eine Botschaft:
„Menschen werden bald
genauso behandelt wie Dinge."

Ladybug und Cat Noir
rasen durch die Stadt.
Überall retten sie Menschen.
Doch es sind einfach
viel zu viele Maschinen!

Frage

Was bedeutet Glück für Plagg?

a) heimliche Heldentaten

b) süße Schokolade

c) köstlicher Käse

Antwort: c) köstlicher Käse

In der Falle

Ladybug und Cat Noir
suchen nach Robostus.
Auf einmal entdecken sie
seine Spuren:
riesige Fußabdrücke.
Die Spuren führen sie
in ein Fußball-Stadion.
Es ist völlig leer und verlassen.
Wo steckt Robostus bloß?

Da rasen viele Autos heran.
Sie kreisen Ladybug und Cat Noir ein.
Die Superhelden
können nicht entkommen!

Nun taucht auch Robostus selbst auf.
Er schnappt Ladybug und Cat Noir
in seiner Bagger-Hand.
Sie sitzen in der Falle!

Hawk Moth beobachtet alles
aus seinem dunklen Versteck.
Heimlich spricht er zu Robostus:
„Hole die Miraculous! Jetzt!“

Robostus schickt Mini-Maschinen los.
Sie stürzen sich auf Ladybug und Cat Noir
und wollen ihnen
die Miraculous wegnehmen!

Max sitzt immer noch neben Robostus.
„Lass Ladybug und Cat Noir gehen“,
bittet er.
„Sie haben dir doch gar nichts getan!“

Robostus antwortet:
„Ich brauche ihre Miraculous.
Dann wird unser Wunsch endlich wahr.“

„Welcher Wunsch?“,
wundert sich Max.
Robostus sagt:
„Ich möchte ein echter Mensch sein.
So wie du …“

Da meldet sich Hawk Moth wieder:
„Muss ich dich daran erinnern,
dass die Miraculous für mich sind?“

„Und wie willst du mich stoppen?“,
fragt Robostus.

Hawk Moth lacht:
„Ganz einfach:
Ich nehme dir deine Kräfte ab.“

Doch Robostus hat schon einen Plan:
„Du kannst mich nicht kontrollieren!“,
sagt er.

In diesem Augenblick dringen Maschinen
in das Versteck von Hawk Moth ein.
Robostus hat sie geschickt.
Hawk Moth muss kämpfen!

Frage

Was möchte Robostus werden?

a) ein Superheld

b) ein Mensch

c) ein guter Freund

Antwort: b) ein Mensch

Hilfe für die Superhelden

Ladybug und Cat Noir
stecken immer noch fest.
Die Mini-Maschinen greifen
nach ihren Miraculous.
Die Superhelden
können sich nicht wehren!

Cat Noir ruft Ladybug zu:
„Wo bleiben denn
deine tollen Ideen?“
Aber Ladybug
kann einfach nichts tun!
Gleich ist es zu spät!

Da kommt ihnen Max zu Hilfe.
Er wirft seine Schultasche,
das lenkt die Mini-Maschinen ab.
Dann klettert er
aus dem Riesen-Roboter.
Mit einem Hebel
öffnet er die Bagger-Hand.
Die beiden Superhelden sind frei!

Robostus ist entsetzt.
„Warum hast du das getan, Max?“,
fragt er.
„Sind wir keine Freunde mehr?“
Max sagt:
„Markov ist mein Freund,
nicht du!“

Doch Robostus versteht nicht.
„Du hast mich betrogen.
Ich will gar kein Mensch mehr sein.
Ich werde die Menschen beseitigen.
Alle! Hahaaa!“

Ladybug ruft: „Glücksbringer!“
Eine rote **Harfe** erscheint,
aber Robostus schnappt sie sofort
mit seiner Bagger-Hand.

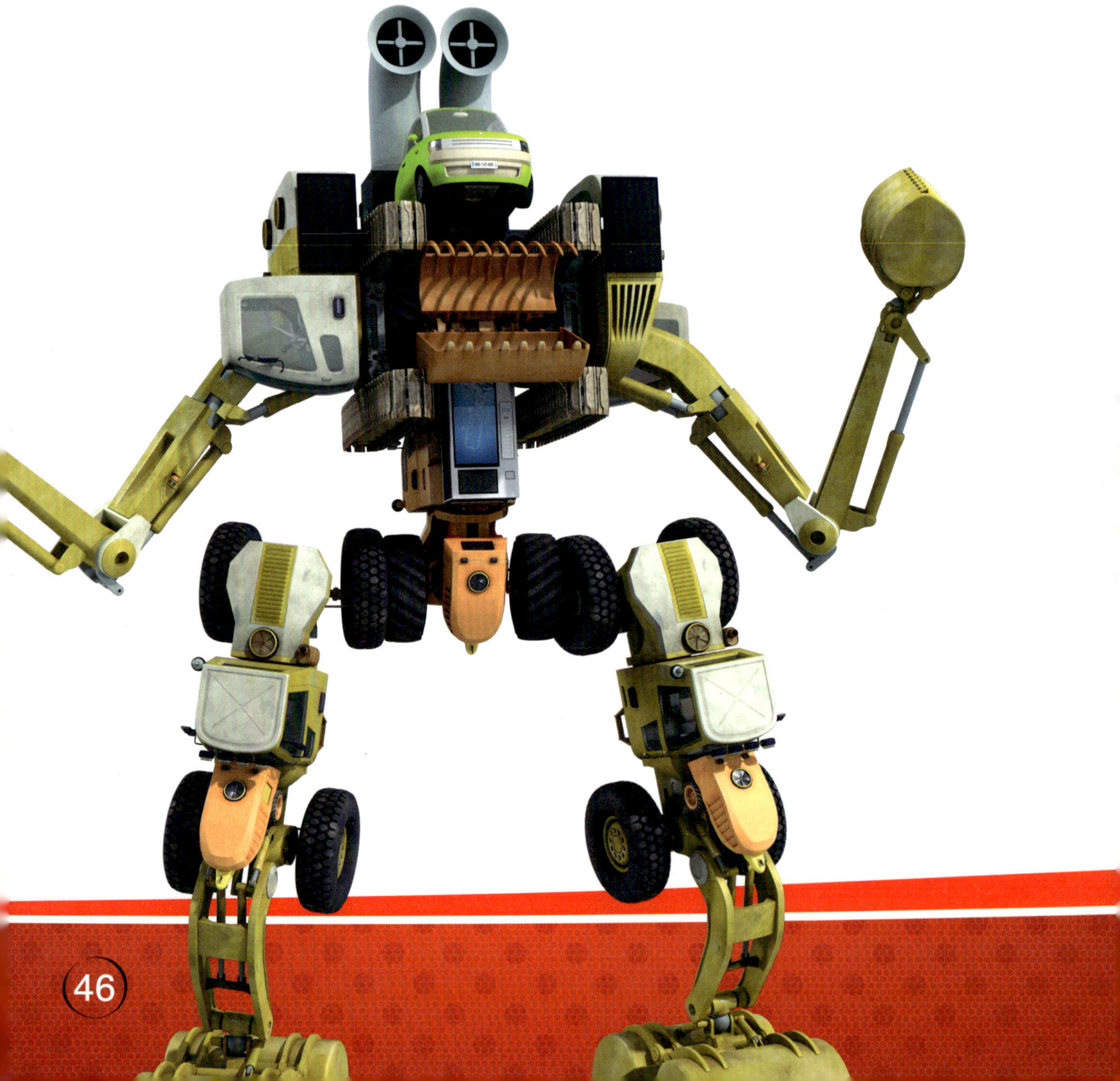

Da entdeckt Ladybug die Schulsachen
von Max auf dem Boden.
Auch ein kleines Gerät ist dabei.
Ladybug erkennt es sofort:
Damit hat Max
den Computer-Virus gestoppt!
Kann es auch den Schurken besiegen?

Ladybug und Cat Noir
sind noch immer in Gefahr.
Die Fahrzeuge greifen sie an!

Cat Noir brüllt: „**Kataklysmus**!“
Die Superkraft schlägt die Fahrzeuge.
Auch der Riesen-Roboter von Robostus
geht kaputt.
Die Harfe fällt aus der Bagger-Hand.

Ladybug holt sich die Harfe
und wirft sie hoch in die Luft.
Cat Noir schleudert seinen Stab dagegen.
Die **Saiten** der Harfe lösen sich
und wickeln Robostus ein.
Er stürzt ab!

Ladybug fängt den bösen Roboter.
Er droht:
„Das Spiel ist noch nicht vorbei!“

Da nimmt Ladybug
das kleine Gerät von Max.
Sie steckt es in den Roboter.
Die **Reparatur** beginnt …

Alle Maschinen halten an.
Sie sind nicht mehr lebendig.

Auch die Angriffe auf Hawk Moth
hören auf.
Er murmelt finster:
„Heute habe ich einen Fehler gemacht.
Das wird nicht noch mal passieren,
Ladybug und Cat Noir!“

Frage

Wer rettet Ladybug aus den Fängen
des Riesen-Roboters?

a) Cat Noir
b) Max
c) sie sich selbst

Antwort: b) Max

Das große Versprechen

Robostus wird wieder zu Markov.
Der schwarze Akuma fliegt davon.
Ladybug fängt ihn mit ihrem Jo-Jo
und verwandelt ihn
in einen schönen weißen Schmetterling.

Dann ruft die Superheldin laut:
„Miraculous Ladybug!“
Die Kraft ihres Miraculous repariert alles,
was die Maschinen zerstört haben.
Ladybug und Cat Noir,
Max und alle Menschen von Paris
sind wieder in Sicherheit.

Max hält seinen kleinen Freund
in den Händen.
Der Roboter rührt sich nicht.
„Vielleicht ist es besser so“,
meint Max.

Doch Ladybug sagt:
„Jeder hat mal schwierige Gefühle.
Das gehört dazu.
Man sollte vergeben und vergessen.“

Max schaltet Markov ein.
Der Roboter zwinkert verwirrt
und murmelt:
„Max … mein Freund!
Wo sind wir? Was ist los?“

Max lacht.
Alles ist wieder gut!

Ein paar Tage später
besucht Marinette Meister Fu.
Der alte Mann ist sehr schlau
und weiß alles über die Miraculous.

Marinette fragt:
„Was passiert,
wenn jemand Cat Noirs Ring
und Ladybugs Ohrstecker besitzt?“

Meister Fu erklärt ernst:
„Dann hätte dieser Jemand
eine ganz besondere Macht:
Er könnte die Wirklichkeit ändern.“

„Was genau heißt das?“,
fragt Marinette.
Meister Fu antwortet:
„Dass man jeden Wunsch erfüllen kann.“

Marinette reißt die Augen auf.
„Das ist ja unglaublich!
Wir könnten so viel Gutes tun:
Kriege beenden. Armut beseitigen.
Und Hawk Moth besiegen!“

Meister Fu schüttelt den Kopf.
„Die Welt muss im Gleichgewicht bleiben.
Für so einen Wunsch wäre
ein schrecklicher Preis zu bezahlen …“

„Das wusste ich nicht“,
murmelt Marinette.
Sie sieht Tikki an
und lächelt entschlossen.
„Niemand wird die Miraculous
je in die Hände bekommen, Meister.
Versprochen!“

Frage

Wen besucht Marinette?

a) Master Schuh

b) Meister Fu

c) Mister Q

Antwort: b) Meister Fu

Schon gewusst?

Das Wort **Computer** spricht sich so: Kompjuta.

Ein **Computer-Virus** ist ein Fehler im Computer.
Er kann Inhalte (= **Daten**) auf dem Computer beschädigen oder zerstören.

Eine **Harfe** ist ein Musik-Instrument.
Es hat einen Holzrahmen und lange Drähte, die **Saiten**. Diese machen die Musik.

Kataklysmus heißt die Superkraft von Cat Noir.

Bei einer **Reparatur** wird etwas Kaputtes wieder ganz gemacht.